www.tredition.de

Petra-Alexa Prantl

Spaziergang

zu den Sternen

© 2019 Petra-Alexa Prantl

Verlag und Druck: tredition GmbH, Halenreie 40-44, 22359 Hamburg

Aquarelle und Coverentwurf: Petra-Alexa Prantl

ISBN
Paperback: 978-3-7482-4831-6
Hardcover: 978-3-7482-4832-3
E-Book: 978-3-7482-4833-0

Petra-Alexa Prantl

Spaziergang

zu den Sternen

Petra-Alexa Prantl wurde 1953 in Nürnberg geboren. Sie studierte Pädagogik an der Universität Erlangen-Nürnberg. Nach der Familienphase arbeitete sie als Lehrerin und unterrichtete vorwiegend romanische Sprachen. Neben ihrer Vorliebe für Musik, Philosophie und Sprachen führte ihre Reiselust sie in viele Teile der Erde, unter anderem nach Grönland und Neuseeland.

Gewidmet
dem isländischen Autor
und Germanist
Jón Bjarni Atlason

Vorwort

„Spaziergang zu den Sternen" ist eine Sammlung
sehr persönlicher Gedanken und Erfahrungen.
Es werden Höhen und Tiefen sichtbar, Nachdenk-
liches zu Fragen der Existenz und schließlich
Abgeklärtheit und Dankbarkeit in der Rückschau
auf das Leben.
Für Liebhaber der englischen Sprache ist das
Buch gleichzeitig als englische Poesie zu lesen.

Petra-Alexa Prantl

He who has served people

with all of his abilities

can look back on a good life.

Ein guter Lebensrückblick

ist, den Menschen mit allen

seinen Fähigkeiten gedient zu haben.

A sense of responsibility

is an attitude towards life

and other people.

Verantwortungsbewusstsein

ist eine innere Haltung gegenüber

dem Leben und den Menschen.

Happiness begins in the mind.

Glück beginnt im Kopf.

Our conduct indicates

our inner values.

Unsere Handlungsweise

zeigt unsere inneren Werte.

Life without friends

is like a life without

sun and warmth.

Ein Leben ohne Freunde

gleicht einem Leben

ohne Sonne und Wärme.

People who understand one another well,

can also understand one another´s silence.

Menschen,

die sich gut verstehen, können

auch gut miteinander schweigen.

True friends

are always there

for one another.

Echte Freunde

geben einander immer Halt.

A. 2018

The freedom of age

lies in the redundancy of the feats

expected in our youths.

Die Freiheit des Alters

besteht im Wegfallen

der Leistungen, welche in der

Jugend erwartet werden.

The art of getting older

means the ability to enjoy

life's panorama.

Im Genießen

des Lebenspanoramas

liegt die Kunst des Älterwerdens.

A mature spirit in old age

is far more precious

than all the benefits of youth.

Ein reifer Geist im Alter

ist umfassender

als alle Vorzüge der Jugend.

Trust depends on

mutual understanding.

Vertrauen setzt

gegenseitiges Verständnis voraus.

He who can accept

and reconcile himself

with his fate

will find serenity.

Das eigene Schicksal

anzunehmen und sich mit ihm

auszusöhnen lässt

Gelassenheit entstehen.

If you have lost hope,

seek guidance.

Wenn du ohne Hoffnung bist,

bitte um Führung.

Misfortune, pain, loss and sorrow

they all have their raison d´être

in our lives.

Unglück, Schmerz, Verlust und Leid

haben ihre Daseinsberechtigung

in unserem Leben.

However great your misfortune might be,

be humble and consider that

there are billions on this planet

who suffer more than you.

So groß dein Unglück

auch sein mag, übe dich in Demut und

denke daran, es gibt auf unserem Planeten

Milliarden von Menschen,

die mehr leiden als du.

We are on Earth to embody

the transcendent.

Wir sind auf der Erde,

um das Transzendente zu verkörpern.

Ask not what others

are giving,

ask what you are giving.

Frag nicht,

was die Anderen geben,

frag,

was du gibst.

49

Convinced of a good thing

it is fun to swim

against the tide.

Überzeugt von einer guten Sache

macht es Spaß

gegen den Strom zu schwimmen.

Being able to laugh at oneself

has never done anyone

any harm.

Über sich selbst lachen

zu können, hat noch

niemandem geschadet.

A sense of humor

can defuse a problem

in an instant.

Humor entschärft Probleme

im Handumdrehen.

There are people

it is not worth

arguing with.

Nicht mit jedem Menschen

lohnt es sich zu diskutieren.

Bring „heaven"

down to Earth and

in your daily life.

Hole dir den „Himmel"

auf die Erde und in den Alltag!

Be the first

to take a step

towards reconciliation.

Selbst den ersten Schritt

zur Versöhnung machen.

He who sees goodness

keeps it not for himself -

he also passes it on.

Wer das Gute sieht,

trägt es nicht nur in sich,

er gibt es auch weiter.

He who makes people happy

will be happy himself.

Den Menschen

Freude machen, macht froh.

When saddened by the failure of your

most important relationship,

leave time to answer the question

„why?"

Wenn du trauerst, weil du in

deiner wichtigsten Beziehung

gescheitert bist, überlasse der Zeit

die Frage nach dem „Warum".

If you feel responsible for the failure

of your most important relationship,

consider too the part played by

the other person.

Wenn du dich verantwortlich

fühlst, weil du in deiner wichtigsten

Beziehung gescheitert bist, bedenke,

welchen Anteil die Gegenseite trägt.

Had evolution

created humanity as opposed

to humankind

it would not have erred

Hätte die Evolution

anstatt der Menschheit Menschlichkeit

hervorgebracht, hätte sie keinen

Fehler gemacht.

Thinking of the vastress

of universe, all worries

diminuish into insignificance.

Der Gedanke an die Unermesslichkeit

des Universums

lässt eigene Probleme klein werden.

Even if you think you

have failed in a particular task,

you never know whether it

didn´t in fact serve its purpose.

Auch wenn du glaubst,

an einer Aufgabe gescheitert

zu sein, weißt du nie, ob nicht

auch das seinen Sinn hatte.

As heavily as the past weighs on us,

it weighs more heavily to let it go.

Schwer die Vergangenheit -

sie loszulassen schwerer.

He who is thankful

is also happy.

Wer dankbar ist,

der ist auch glücklich.

Learn to recognise your task in life -

not just early,

but again and again.

Erkenne deine Aufgabe

im Leben nicht nur rechtzeitig,

sondern immer wieder aufs Neue.

Humility is greatness.

Demut ist Größe.

How is it possible to succed in something

when time for it is not yet ripe?

Wie kann mir etwas gelingen,

wenn die Zeit nicht reif dafür ist ?

Again and again

throughout life´s journey

we meet people who give us guidance

and people to whom we can offer our support.

Auf unserer Lebensreise

begegnen uns immer wieder

Menschen, die uns Richtung geben

oder denen wir eine Stütze sein können.

Many coincidences

in life cannot

be a coincidence.

Viele Zufälle

im Leben können

kein Zufall sein.

The certainty

of having true friends

means happiness.

Die Gewissheit

gute Freunde zu haben

bedeutet Glück.

Careful observation

of synchronity in life

will give rise to delight.

Achtsam

die Synchronizität im Leben

zu beobachten, ist beglückend.

Serenity is born

of the awarness

of transcendence.

Im Bewusstsein

von Transzendenz

entsteht Gelassenheit.

Having everything settled

and resolved before your last gasp -

how wonderful, how essential.

Vor dem letzten Atemzug

alles bereinigt zu haben -

wie wunderbar, wie wesentlich.

In the end

it is only the

human being and love

that count.

Am Ende

zählen nur noch

der Mensch und die Liebe.

In looking back, we recognise

that every stroke of fate

was in fact necessary for us

to attain a higher level of

maturity and happiness.

Rückblickend erkennt man,

dass jeder Schicksalsschlag notwendig

war, um auf einer anderen Stufe

reifer und glücklicher leben zu können.

How can we succeed in something

if it is not provided

in our great scheme of things?

Wie kann uns etwas gelingen,

wenn es nicht in unserem

Lebensplan vorgesehen ist ?

The incredible intelligence and order

of the universe is revealed

in every human being,

every plant,

every animal,

every frost flower on the window.

In jedem Menschen, in jeder Pflanze,

jedem Tier, jeder Eisblume an der

Fensterscheibe bildet sich die

unglaubliche Intelligenz und Ordnung

des Universums ab.

Secure in eternity

each one of us as part of whole is

sustained and led a far greater extent

than he or she can possibly know or perceive.

Geborgen in der Ewigkeit

ist jeder von uns als Teil des Ganzen

mehr getragen und mehr geführt

als er es je weiß oder merkt.

Postscript

If the only prayer in your life is

„Thank you",

there is no need for another.

Meister Eckhart

Nachwort

Wenn das einzige Gebet,

das du in deinem Leben sprichst,

„DANKE"

heißt, das wäre genug.

Meister Eckhart

Quellennachweis

Pfeiffer Franz (Hrsg.)

Deutsche Mystiker des 14. Jahrhunderts

2. Band, Meister Eckhart

Leipzig 1857

Prantl Petra-Alexa

Spaziergang zu den Sternen

Hamburg 2019